Ye

43828

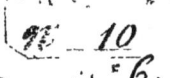

ALMANACH

POÉTIQUE

Par M. l'abbé Gono.

CHEZ L'AUTEUR, RUE DOMBEY, 11,

A MACON.

IMPRIMERIE DE ROMAND, RUE ROCHETTE, 6.

1856.

Autun, le 4 janvier 1856.

J'ai lu avec intérêt, mon cher abbé, votre almanach poétique; je vous remercie de me l'avoir envoyé; je vous remercie surtout des vœux que vous faites pour ma longévité! Je ne demande que ce qui peut être utile à la gloire de Dieu et avantageux à mon salut. Je me recommande à vos bonnes et saintes prières.

Recevez, mon cher abbé, l'assurance de mon sincère attachement.

† FRÉDÉRIC, Év. d'Autun.

Monsieur Gono à Mâcon.

JÉRUSALEM.

———•o¦o¦oo———

In terrâ desertâ et in viâ et in aquosâ sic in sancto apparui tibi, ut viderem virtutem tuam et gloriam tuam. Ps. 26. V. 3.

Dans cette terre déserte où je me trouve et où il n'y a ni chemin, ni eau, je me suis présenté devant vous comme dans votre sanctuaire pour contempler votre puissance et votre gloire.

Rome et Jérusalem inspirent mes pensées,
Comme l'aigle dans l'air jusqu'au ciel élancées.
Je traverse les mers presque sans coup férir
En dépit des dangers que je pourrais courir
Et débarque à Jaffa, port devenu célèbre,
Où Jonas entamait son oraison funèbre.
Jonas, enseveli dans le fond de la mer,
Dut, de la mort, trouver l'avant-goût bien amer.
Il débarque affranchi sur les bords de Ninive,
D'une voix lamentable et d'une voix plaintive
Il se met à crier : encore quarante jours
Et Ninive est détruite à nos yeux pour toujours.
Le monarque alarmé, revêtu de la cendre
Des hauteurs du pouvoir, se hâte de descendre
Et prescrit à son peuple un jeûne rigoureux,
Un repentir sincère actif et vigoureux,
Un repentir qui touche et le ciel et la terre
Et qui porte Ninive à la pratique austère
De toutes les vertus et de tous les combats,
Sans lesquels il n'est point de bonheur ici-bas.
Sous les murs de Jaffa les filets de Saint-Pierre
Exposés au soleil reposaient sur la pierre
Quand Corneille, inspiré par l'Ange du Seigneur,
L'appelle à ranimer l'enfant chère à son cœur.
La Vierge de Joppé s'embarque pour Ephèse
Et tout le littoral la contemple à son aise
Escortée à ses yeux du disciple saint Jean,
Simple escorte élevée au-dessus de Trajan.
Plus rapproché de nous, saint Louis, roi de France,

Sur le champ de bataille en état de souffrance ;
Recueille entre ses bras les blessés, les mourants,
Gissant entre la vie et la mort dans leurs rangs.
Jaffa ne fut-il point témoin de ses exemples,
Dignes d'être élevés jusqu'au ciel dans nos temples.
O vous que la foi guide au pied du mont Thabor,
Que l'aspect de Jaffa frappe de prime abord,
   Dans une humble posture
   Quittez votre chaussure
Sur les pas des anciens et des nouveaux prophètes
Dont l'Eglise célèbre avec transport les fêtes ;
Sur les pas de Marie, étoile de la mer
Qu'on ne peut se lasser et de suivre et d'aimer ;
Sur les pas d'un apôtre et d'un prince admirable
Dont l'exemple est pour nous d'un zèle inimitable.
Louis murait Jaffa contre l'invasion
Et le Ciel bénissait son opération ;
Quand le deuil s'avisa d'entrer dans sa famille
Et d'enlever, hélas ! l'infante de Castille
Qui, noble et grande et fière, avait pris soin de lui,
En lui prêtant son âme et son sein pour appui.
Comment peindre une Dame humble et contemporaine
Qui franchit du désert et le sable et l'arène
Sur le bras d'un Arabe au milieu de la nuit
Pour atteindre plus vîte au but qu'elle poursuit ?
Comment peindre Sion et le mont des Olives
Où Jésus a souffert les douleurs les plus vives
Et sué jusqu'au sang pour la rédemption
D'un monde digne, hélas ! de réprobation ?
Comment peindre la croix et l'autel du Calvaire
Et la tombe où Jésus a soulevé la pierre
   Qui scellait son trépas ?
Comment peindre, exprimer de Jésus tous les pas ?
La crèche et l'atelier, le temple et la piscine
Où brillait sa puissance et sa vertu divine ?
Comment peindre, exprimer, dis-moi, Jérusalem,
Le Dieu de Sabaoth, le Dieu de Bethléem ?
Comment peindre, exprimer les miracles sans nombre
Que Jésus opérait publiquement ou dans l'ombre ?
Comment peindre, exprimer ses grâces, ses bienfaits,
Répandus sur les Juifs malgré tous leurs méfaits ?
Comment peindre, exprimer ses oracles sublimes,
Ses doctes entretiens, ses célestes maximes ?

Jérusalem ingrate et détruite à mes yeux,
Laisse-moi visiter aujourd'hui les saints lieux
Couverts de tes mépris, de tes ignominies,
Laisse-moi visiter les tristes gémonies
Où Jesus, exposé comme un vil criminel,
Rendit son âme à Dieu, son principe éternel:
Jérusalem n'est plus qu'une ombre d'elle-même
Pâle et défaite, hélas ! pâle et défaite et blême.
Elle a perdu ses mœurs et sa simplicité,
Elle a perdu son culte et sa félicité.
Jérusalem n'est plus qu'une veuve éplorée
Loin d'être comme elle fut une reine adorée.
Elle a perdu son Dieu primitif et son roi,
Elle a perdu son culte et son temple et sa loi.
Ses enfants délaissés, orphelins sur la terre
Sont empreints et marqués du sceau de la colère
Qui poursuivit Caïn au-delà du trépas.
Jérusalem enfin a perdu ses appas,
Ses charmes, ses attraits, ses vertus et ses grâces
Et l'humble pélerin s'égare sur ses traces.
Le mont des Oliviers s'élève jusqu'au ciel
Où Jésus s'abreuva d'amertume et de fiel,
Où son âme livrée à la mélancolie
Calculait tous les maux qu'engendre la folie,
Le ridicule amer des vices odieux
Triomphants, impunis trop souvent à nos yeux :
« Mon âme est triste, hélas ! jusques à la mort même,
« A la mort de la croix et frappé d'anathème.
« Je vois tous les bourreaux acharnés contre moi
« S'abreuver de mon sang sans trouble et sans émoi.
« Je vois et je prédis la ruine du temple
« Et de Jérusalem que l'univers contemple.
« Je vois le juif errant, proscrit et malheureux,
« Condamné sans ressource à vivre aventureux.
« Je le vois expier dans l'exil et les larmes
« La mort du juste en proie aux plus vives alarmes.
« O mon père ! à la voix d'un fils qui vous est cher,
« Laissez-vous attendrir et laissez-vous toucher.
« Repoussez loin de moi ce calice d'absinthe;
« Mais non, j'accomplirai votre volonté sainte,
« Assuré de vous plaire au-delà du trépas;
« Conduisez à la mort, conduisez tous mes pas. »

Le mont des Oliviers, témoin de sa tristesse,
Le verra s'élever un jour plein d'allégresse
          A la voûte des cieux,
Couronné d'une gloire immortelle à nos yeux.
Jésus, livré par un baiser perfide
Entre les mains des prêtres et des rois,
Marche à la mort d'un pas humble et timide;
Marche à la mort, à la mort de la croix.
Le Calvaire est couvert d'une tristesse sombre,
D'un ciel sourd et muet enveloppé dans l'ombre,
Le juste abandonné se recommande à Dieu
Et tombe enseveli dans son dernier adieu,
Sur le mont qui s'entr'ouve et frémit d'épouvante,
A l'aspect d'un Dieu mort, son juge et son attente.
Jérusalem n'est plus qu'un sépulcre entr'ouvert,
Qu'un tombeau, qu'une ruine au Ciel à découvert.
Jérusalem n'est plus qu'un saint pélérinage,
Pratiqué parmi nous, pratiqué d'âge en âge
Qui rallie à la croix, le culte musulman,
Dont il est le soutien, la vie et l'aliment.
O vous que la foi guide au sommet du Calvaire,
Disciples de la croix que le monde révère,
Recevez notre encens, notre hommage et nos vœux,
Et de nos cœurs unis resserrez tous les nœuds.

Quelle est cette montagne adorable et sublime
Où l'humble Fils de l'Homme expia notre crime?
Quelle est cette croix sainte où Jésus mort pour nous
Prosterne consterné le monde à ses genoux?
Quel est ce chef auguste et couronné d'épines
Dont le sang goutte à goutte humecte les narines?
Quel est ce noble cœur percé de part en part
Qui devait nous servir de mur et de rempart
          Contre les traits acérés et perfides
Des ennemis nombreux, des bandes déicides?
Quel est cet Homme-Dieu, sanglant, défiguré;
Contre lequel en vain l'Enfer est conjuré?

C'est le Dieu de la croix, c'est le Dieu du Calvaire
Que l'univers entier fête, adore et révère.
Tout porte le cachet et l'empreinte du deuil
Sur ce mont sourcilleux qui rabat notre orgueil.
Les ombres du sépulcre errent sur sa surface

Que rien au monde entier, que jamais rien n'efface.
À la chute du jour pâle et défait pour nous,
Le pélerin s'incline et prie humble à genoux,
Le Fils de l'Homme assis dans l'ombre et les ténèbres
Qu'éveillent endormi nos oraisons funèbres.
Le silence est la voix qui parle au cœur humain.
Le jour n'a plus de soir et plus de lendemain.
Tout est nuit, tout est sombre en ce lieu solitaire,
Où le ciel a cessé de sourire à la terre.
O que mon âme est triste, hélas! jusqu'à la mort,
Accablée à mes yeux sous le poids du remords!
Qu'elle est triste à l'aspect de toutes ses offenses
Qui, d'un Dieu mort pour nous, causèrent les souffrances!
Gémis, mon âme, hélas! et pleure en ce saint lieu,
La mort du Rédempteur, la mort du Fils de Dieu.

Le tombeau de Jésus arrosé de nos larmes
Prête à nos chants sacrés des vertus et des charmes.
Les monts sont attendris à la voix de nos pleurs
Et portent le cachet de nos vives douleurs.
Le tombeau de Jésus inspire les poètes
Elevés parmi nous presqu'au rang des prophètes.
Tel un Châteaubriand sur les pas du Sauveur
Puise dans son amour un excès de ferveur.
Et tel un Lamartine au regard doux et tendre
Se prosterne à genoux humblement sur la cendre
De celui qui remplit de son nom l'univers.
Le tombeau de Jésus inspire les beaux vers.
Le Tasse a délivré Jérusalem conquise,
Et soumis à son sceptre et le Pape et l'Eglise.
Ainsi triomphe un Dieu jusqu'au sein de la mort,
Un Dieu dont la sagesse efface le remords,
Et rétablit le calme et la paix de conscience,
Un Dieu dont la sagesse efface la science.

Deux miracles patents attestent de Jésus
Et la haute puissance et les hautes vertus;
Le sépulcre élevé sur les débris du temple,
Jérusalem en pleurs que l'univers contemple.
Le tombeau de Jésus est prédit glorieux
Et triomphe applaudi sous la voûte des cieux.
Le temple renversé ne laisse plus de trace,
Son culte est aboli pour toujours et s'efface,

Jérusalem en proie aux remords déchirants
Gémit entre les mains des infâmes tyrans.
Jérémie a prédit sa perte inévitable
Et le coup qu'on lui porte est triste et lamentable.
Le tombeau de Jésus appartient aux Français
Et leurs armes des Grecs terminent le procès.
Les Russes repoussés de leur vain territoire
Pourront payer bien cher leur acte attentatoire.
Trois cultes différents se disputent le prix
   Sur le tombeau de Jésus-Christ.
   L'humble Christianisme
   Envahi par le Schisme
Lutte en vain opprimé par le Mahométisme,
Et ridiculisé par le vieux Judaïsme.
Jérusalem en proie aux haines des partis
Succombe à tous les maux qui lui sont départis.
Une sueur de sang inonde sa figure.
Jérusalem en pleurs, dans une humble posture
Se lamente et s'écrie : O filles de Sion !
Le ciel nous a frappés de malédiction.
Nous ne pourrons jamais renaître de nos cendres
Sous le sceptre de fer des nouveaux Alexandres.
Nous ne pourrons jamais réparer nos malheurs,
Le deuil vient de flétrir nos couronnes de fleurs.
Cecidit corona capitis nostri : væ nobis, quia peccavimus

Le Carmel.

Les enfants du Carmel honorent saint Élie,
Personnage important qui monta dans les cieux
   Sur un char radieux.
La chose est merveilleuse et tout-à-fait jolie !
Saint Louis a peuplé le mont Carmel de Saints
Que l'Eglise avec nous, fête pour la Toussaint.

Le Liban.

Sicut cedrus Libani multiplicabitur.

Les cèdres du Liban dont parle l'Écriture
Sont plantés les plus grands dans toute la nature.
Leurs rameaux étendus embrassent l'univers,
Reverdissent mille ans, surpassent mille hivers.

Les cèdres du Liban méritent nos hommages
Et des dieux et des rois nous peignent les images.
Le Maronite dresse à leur pied un autel
Où brûle en leur honneur un encens immortel.
Les forêts ont leur culte, où la reconnaissance
Adore l'étendue et la haute puissance
De celui qui gouverne et la terre et les cieux.
Les cèdres du Liban sont un bois précieux,
Consacré dans le temple et le palais des princes.
Le cèdre du Liban est rare en nos provinces.
Il rappelle le Druide, adorateur du Gui.
L'Homme se fait un Dieu plus vil encor que lui.

L'Eden.

L'Eden du Liban est un pays suave,
Un pays qui sourit à l'amour du zouave,
Un pays où les fleurs couronnent les époux,
Enivrés des parfums estimés les plus doux.
Le ciel donne à l'été tous les plaisirs champêtres,
A l'hiver les forêts de sapins et de hêtres,
Au printemps rajeuni les guirlandes de fleurs,
A l'automne les fruits et les chastes primeurs.
Ainsi le ciel répand ses trésors sur la terre
Et bénit les moissons de l'humble solitaire.

Antioche.

Tout passe et tout finit, les bourgs et les cités.
Leurs noms presqu'inconnus sont à peine cités.
Leurs restes enfouis n'occupent plus de place.
Le soc de la charrue en abolit la trace.
Babylone et Ninive ont suivi le torrent
Qui démolit les murs et brise et rompt leur rang.
Tyr et Sidon, Antioche elle-même
Ont vu découronner leur front du diadème;
Antioche a perdu son saint patriarchat,
Converti parmi nous, en un simple exarchat;
Antioche, où saint Pierre a figuré Pontife
D'un ordre supérieur à celui de Caïphe;
Antioche où l'on vit saint Paul, saint Barnabé
Associer leur zèle à celui de Lébé,

Se partager la Grèce en deux catégories,
Où leur bon sens coulait à fond les rêveries.
Antioche conquis par le duc de Bouillon,
Où brillait de la croix le sacré pavillon.

Damas.

Le ciel inspire aux Saints des visions célestes.
L'Ecriture en fournit des preuves manifestes.
Jacob, Ezéchiel et Jean et Pierre et Paul
Circoncis sous le nom tout simplement de Saul,
Ont vu le ciel ouvert et puisé dans la gloire
Des secrets que le temps révèle à la mémoire.
Saint Paul persécutait à mort tous les chrétiens
Qu'il livrait enchaînés, captifs, dans les liens,
Au Grand-Prêtre, ennemi de l'Eglise naissante,
Qui trompait tous ses vœux, qui trompait son attente.
Saint Paul, tout-à-coup sous les murs de Damas,
Comme d'un coup de foudre attachée aux trois mâts,
Tombe, hélas ! aveuglé, de son coursier à terre ;
A cette voix du ciel qui l'accable et l'attère :
Saul ! Saul ! pourquoi me persécutez-vous ?
Répond : Seigneur, je tombe à vos genoux.
        Vade ad Ananiam.

Tu es sacerdos in aeternum secundum ordinem Melchisedech.

Jésus est prêtre et roi selon Melchisédech
Et son règne s'étend sur le Sythe et le Grec.
Melchisédech offrit à Dieu des sacrifices,
Bâtit Jérusalem sous ses sacrés auspices.
Jérusalem vingt fois conquise et délivrée
A porté de vingt rois l'habit et la livrée.
Jérusalem a vu s'éclipser ses beaux jours
Et des malheurs sans fin éterniser le cours.
Jérusalem n'est plus que l'ombre et la figure
De l'Eglise exposée au mépris, à l'injure
Des hommes de néant révoltés contre Dieu ;
Jérusalem n'est plus qu'un reste du saint lieu.
Comment peindre ce reste et les débris du temple,
Qu'une main apostate essaya par exemple
De relever en vain contre l'ordre absolu

De celui qui prédit, ferme et bien résolu
De le réduire à rien, c'est-à-dire en poussière,
De ne pas y laisser subsister une pierre?
Je ne puis qu'emprunter l'éloquence et la voix
De cet homme inspiré du Très-Haut, je le vois :
« O temple ! ô temple ! qu'est-ce qui t'émeut,
« Et pourquoi te fais-tu peur à toi-même?
« Que signifie un peu tout ce bruit que j'entends,
« Qui révolte mon âme et qui trouble mes sens?

      « Sortez d'ici bien vite,
      « Hâtez-vous de sortir ;
      « Saint prêtre et saint lévite,
      « Hâtez-vous de partir. »

    Et cette voix d'un simple laboureur,
Qui, comme un signe, hélas ! un signe avant-coureur,
D'un désastre commun répandu dans la ville,
Va porter l'épouvante au sein de la famille :
« Une voix est sortie du côté de l'Orient,
« Une voix est sortie du côté de l'Occident,
« Une voix est sortie du côté des Quatre-Vents :
« Voix contre Jérusalem et voix contre le temple ;
« Voix contre les nouveaux mariés et les nouvelles mariées ;
« Voix contre le peuple entier ! »
Depuis ce temps-là, ni jour ni nuit il ne cessa de crier :
      « Malheur ! malheur à Jérusalem !
      « Malheur ! malheur à Jérusalem !
      « Malheur ! malheur au temple !

« Malheur ! malheur au temple et malheur à moi-même! »
Il dit et tombe mort et frappé d'anathème.
Tous les malheurs prédits viennent à point nommé
Et tout finit bientôt par être consommé.
Ainsi la mort du Christ et la fin du déluge ;
Ainsi le peuple juif abîmé, sans réfuge ;
Ainsi Jérusalem et le temple détruits
Parlent plus haut encore aux gens les plus instruits.
Jérusalem qui, mis à mort les saints Prophètes,
Vit convertis en deuil ses plus beaux jours de fêtes.

Rien ne résiste au ciel armé dans sa colère,
Contre une race impie, une race adultère,
Generatio mala et adultera. Matth. 12. 39.
Contre un peuple maudit, un peuple réprouvé

Qu'a le ciel mis à l'œuvre et longtemps éprouvé
Pour en tirer parti, s'il eût été possible ;
Contre un peuple aveuglé, contre un peuple indocile
Qui persiste opiniâtre à n'adorer que lui,
Ou la pierre, ou le marbre, ou le cèdre, ou le buis.
Le peuple qui se croit tout-puissant sur la terre
Et fait pour déclarer au ciel même la guerre,
Est un peuple perdu dans son sublime orgueil ;
Près de la tombe, hélas ! où glisse son cercueil.
Eh bien, fameux néant, révolté sous la cendre,
Viens pour combattre armé, celui qui va descendre
       De son trône éclatant ;
Petit rien consterné, petit rien tremblotant !
Déjà l'Ange du Ciel a tiré son épée
De sang et de carnage à l'unisson trempée.
Son armure est divine et son casque de fer
Fait trembler sur leurs gonds les portes de l'Enfer.
Déjà Jean et Simon, les deux têtes d'armées
Que les combats sanglants n'ont jamais alarmées,
Dressent contre le Ciel leur avant-train guerrier,
Couronné quelquefois d'un pâle et vain laurier.

Des étendards romains ont profané le temple ,
Scandale à réparer et de funeste exemple.
Il faut leur opposer un front armé d'airain
Sur leur sol entamé, sur leur propre terrain ;
Il faut que tout le peuple armé comme un seul homme
Foule au pied Vittellius et la superbe Rome.

Vespasien et Titus provoqués aux combats
Vont de Jérusalem mettre les murs à bas.
Il n'en restera plus que l'ombre et l'apparence
Devant le Dieu du ciel et sa toute-puissance.
Je ne puis exprimer tous les assauts divers
Qu'a subis ce long siège aux yeux de l'univers.
Je ne puis exprimer la famine et la peste
Qui, d'un peuple proscrit, ont dévoré le reste ;
L'incendie et la mort ravageant tous les rangs ;
Je ne puis exprimer le nombre des mourants.
Un enfant dévoré par la faim de sa mère
Exprime une bien triste et catastrophe amère ,
Des vieillards décrépis, pressés par le besoin,
Se disputent entre eux et la paille et le foin ,

Comme les animaux retenus à l'étable,
Comme un mets délicieux, comme un mets confortable.
Les plus vils excréments, horreur du genre humain,
Ramassés dans l'égout, hélas ! à pleine main
Viennent reconforter leurs pénibles entrailles
Au pied de leurs remparts, au pied de leurs murailles.
La peste infecte l'air et surcroît de malheur,
Décime tous les rangs où brille la valeur.
La ville est sans défense et tombe saccagée,
Comme une vieille vigne, est toute ravagée.
Comment cette cité déjà n'existe plus,
Où cent peuples divers, cent peuples superflus
Nageaient dans l'abondance et le sein des richesses ;
Cette cité n'est plus qu'un amas de tristesses,
D'ennuis et de dégoûts, de regrets superflus ;
Comment cette cité déjà n'existe plus ?...
Quomodo sedet sola civitas plena populi :
Facta est quasi vidua domina gentium :
Princeps provinciarum facta est tributo ? (Thren..1.)
Ses beaux jours ne sont plus effacés par les larmes,
Agités de remords au milieu des alarmes.
Comme une veuve assise au pied de l'orphelin,
Elle pleure et gémit sur sa robe de lin.
Comme Rachel en proie à la tristesse amère
Elle pousse des cris plaintifs comme une mère
A qui la Barbarie arracha ses enfants,
Egorgés sous ses yeux, égorgés innocents.
Vox in Rama audita est, ploratus et
Ululatus multus : Rachel plorans filios suos,
Et noluit consolari, quia non sunt..
La Reine des cités s'agite et se tourmente,
Elle pleure et gémit, s'attriste et se lamente.
Elle a perdu l'espoir de se sauver un jour
Des griffes du lion, des serres du vautour.
Elle présage, hélas ! des maux incalculables,
Dans des temps rapprochés, dans des temps déplorables.
Il existe un abbé, noble curé des tours
Qui, des lieux saints, connaît et décrit les détours.
Il décrit à merveille et son récit modeste
Laisse à ses auditeurs à deviner le reste.

La Caravane.

Quarante pélerins , amis du merveilleux ,
S'embarquent à Marseille et volent aux saints lieux ,
Vêtus de manteaux blancs, vêtus à la légère
Et paient l'étranger d'une mine étrangère.
Ils débarquent joyeux sur les pas du Sauveur,
Animés de l'esprit de zèle et de ferveur;
Et fêtés pélerins et fêtés du Grand-Prêtre ,
Ils adorent en lui Jésus, leur divin Maître.
Leur sainte Caravane est groupée en festin ,
Un peu maigre, il est vrai, pour leur riche intestin.
Réunis et bientôt dispersés sur la plage ,
Ils courent visiter de village en village
Les restes du vieux temps, les restes des saints lieux
Dont l'humble souvenir rend le juste orgueilleux.
Ils courent visiter en autant de cohortes
Que Jérusalem compte et de gonds et de portes
Les vaisseaux amarrés qui doivent repartir ;
Leur zèle à s'embarquer ne peut se ralentir.
Leur cargaison est pleine et de vœux et d'hommages,
De croix, de chapelets, de reliques, d'images ,
Et leur cœur bondissant de joie à leur retour ,
Au doux port de Marseille arrive au point du jour.

Retour d'un noble pélerin.

L'or aime à voyager sur la terre et sur l'onde
Et libre comme l'air voltige et vagabonde.
L'or s'use en voyageant sans jamais se rouiller
Et devant lui les mers viennent s'agenouiller.

L'or béni des saints lieux vous entraîne et captive
Au-delà du Jourdain, au-delà de Ninive,
Et là fixe sa tente et respire un moment,
Echappé par miracle au terrible élément.

L'or s'embarque et revient de son pélerinage,
Comme un poisson sur l'eau qui se sauve à la nage
L'or triomphe applaudi de son retour chez lui
Où l'Orient se lève et constamment a lui.

Noble et fier pélerin de la montagne sainte ,
Qui mesuras de l'œil ses tours et son enceinte ,
Dis-nous les oliviers, les cèdres du Liban

— 13 —

Dont la cime chenue ombrage le turban.
Dis-nous le saint sépulcre et la croix du Calvaire
Que la foi du chrétien agenouillé révère.
Dis-nous et Nazareth et dis-nous Bethléem ;
Et dis-nous les saints lieux, dis-nous Jérusalem.
Dis-nous tes souvenirs imprimés sur le sable.
Inscrits en lettres d'or, incrustés dans l'érable !

Que j'aime à contempler ton guide et ta jument,
Ta figure arabesque et ton accoutrement,
Tes pistolets d'arçon, groupés dans ta ceinture,
Noble et preux chevalier, errant à l'aventure !

Que j'aime à contempler ton humble abbé Ch.....
Chevauchant Domquichotte et courant au hasard,
Plombé par le soleil au milieu de sa course,
Ou surpris par la nuit, au sein de la grande ourse ;
Chevauchant mal à l'aise aux plaines du désert !
Que j'aime à contempler ton abbé si disert,
Dissertant sur le jus du citron, de l'orange,
Pressés entre ses mains d'une manière étrange !
Que j'aime contempler une œuvre de tes mains,
Cœur noble et généreux, le premier des humains
Que j'aime contempler le rachat des captives,
Devenues par tes soins tes enfants adoptives !
Que l'Inde à tes genoux adore tes vertus,
Digne émule à mes yeux des vertus de Titus !
Ton arabe enchanté sur les bords de la Saône,
Te dresse dans son cœur un monument, un trône
Où te portent les vœux de la reconnaissance ;
Ton arabe, Adrien, te nomme roi de France.
Protège maintenant, protège autour de toi
La veuve et l'orphelin abrités sous ton toit,
L'abbé qui te vit naître et forma tes exemples
Sur le type des Saints invoqués dans nos temples,
Donne un asile à Dieu, digne d'être chanté
L'automne et le printemps et l'hiver et l'été.

Tirade sur les saints lieux.

Trois nobles pélerins que la sagesse inspire
Ont traversé les mers et visité l'empire
Des lieux saints, respectés de l'univers entier

A l'ombre du grand cèdre et de l'humble dattier.
Le ciel est magnifique et la terre infertile
Atteste des fumeurs l'existence inutile.
Le sexe enveloppé d'un surtout pénitent
Figure un vrai fantôme, un être dégoûtant.
L'âne, au pas fixe et sûr, gravite les montagnes
Et découvre à nos yeux les plus vastes campagnes.
La tente du voyage abrite le soleil
Et des jeunes époux assiste le réveil.
L'outre au vin de Bordeaux ranime le courage
Et de nos pélerins termine le voyage.
Qu'ont-ils vu, dites-moi? les plaines du désert
Où l'eau parfois manquait à leur gosier ouvert?

Ils ont vu les rochers et les cent mille grottes,
A travers les sentiers tout couronnés de crottes.
Les fleurs ne manquaient pas pour embaumer leur nez.
Heureux les voyageurs et les hommes bien nés!
Qu'ont-ils vu, dites-moi? le tigre et la panthère
Poursuivis par le dogue en ce lieu solitaire,
Mille essaims vermineux qui dévoraient leurs corps
Et festoyaient leur chair au bruit de leurs accords.

Qu'ont-ils vu sur la mer menaçante et terrible?
La mort et son cortège épouvantable, horrible.
Ces messieurs épuisés de veilles, de fatigues,
N'ont vécu que d'oignons, de pistaches, de figues,
Que de chair enfumée au léger tourne-broche,
Que de pain dur et noir, extrait de leur saccoche.
L'estomac disputait à leurs yeux le plaisir
D'être rassasié d'un pain noble à loisir.

A une sainte Dame.

Une dame élevée au sommet du Calvaire
A contemplé les monts que notre foi révère,
Les monts et les cités, les tours et les remparts
Que l'aspect des saints lieux offre de toutes parts.
Ici, son âme tendre a béni sainte Hélène;
Là, ses yeux ont pleuré comme une Magdeleine.
Ici ses mains tenaient embrassé le linceul,
Où Jésus reposait à l'ombre du cercueil.

Et là, c'est l'olivier qui l'attriste et l'ombrage.
Ici, c'est le prétoire où Pilate l'outrage.
Partout un souvenir le peint défiguré
Et la mort le ravit au ciel transfiguré.
O que Jérusalem a d'attraits et de charmes
Et que tous les lieux saints sont arrosés de larmes !
Cent mille pèlerins les mouillent de leurs pleurs,
Les couvrent de baisers, les couronnent de fleurs.
O vous que Rome admire au grand âge, où vous êtes,
Exposée à périr sous le vent des tempêtes,
Comment avez-vous pu, sous le vent frais des airs,
Traverser dans la nuit le sable des déserts?
Comment avez-vous pu, sans guide et sans boussole,
Traverser les deux mers d'un pôle à l'autre pôle ?
Comment avez-vous pu traverser le Jourdain,
La Mésopotamie et l'Euphrate et l'Eden?
La foi seule aplanit les plus hautes montagnes
Et les rabaisse au pied des plus humbles campagnes.
La foi produit partout des effets merveilleux
Qu'aux yeux du monde entier attestent les saints lieux.
La foi de sainte Paule admirable et divine
A fait de vous, Madame, une sainte héroïne.

Le Chapelet de Jérusalem.

Mes grains de chapelet formés sur les saints lieux
Ont traversé les mers et les flots périlleux.
Je les tiens pour bénis et pour miraculeux
Et j'en attends du ciel un secours merveilleux,
Tous ces grains estimés d'un grand prix à mes yeux,
Naguère édifiaient la foi de nos aïeux.
Tous ces grains vont parler à mon âme attendrie
Au doux nom de Jésus, au doux nom de Marie.

Croix de Jérusalem.

Cette humble et simple croix vient de Jérusalem,
Et la main d'un berger venu de Bethléem
L'imprima sur mon cœur et sur mon vêtement,
Comme un préservatif et comme un talisman,
Que l'amour des saints lieux a d'empire et de charmes
Et ravit tous mes sens et fait couler mes larmes !

EXTRAIT DE LA COMPASSION

PRÊCHÉE A SAINT-PIERRE

en 1824.

---⚬⚬⚬⚬---

*Filia populi mei, luctum unigeniti fac tibi
planctum amarum.* Jer. 6. 26.
Fille de mon peuple, pleure avec amertume
Comme une mère son fils unique.

Jérusalem, Jérusalem! qui mets à mort tes prophètes! fille
de Sion, pleure et gémit sur le sort de ton fils unique, convertis ta joie en pleurs, aux plus beaux jours de fêtes et
de solennité. Le voile sacré du temple se déchire, les co-
lonnes sont renversées, le Saint des Saints est profané, le
Pontife banni, la victime immolée. O fille de mon peuple,
qu'enfantèrent ses vœux et ses gémissements, ton âme est en
proie à la douleur et triste jusqu'à la mort. Ah! couvre ta tête
de cendre et revêts ton corps du cilice, fléchis les genoux devant l'Eternel et implore sa miséricorde. Semblable à une mère
qui voit mourir à ses yeux son fils unique, Jérusalem se livre
au chagrin et au désespoir. Elle est inconsolable de la perte
qu'elle va faire et personne ne vient s'attendrir sur ses maux,
déplorer ses disgrâces et ses malheurs.

Qui de vous, mesdames, ne voit dans cette figure l'expres-
sion et la douleur de Marie, petite fille des Hébreux, vierge
sacrée du temple et mère de Jésus, prêtre éternel selon l'ordre
de Melchisédech? Qui de vous n'épouse ses chagrins et ne com-
pâtit à ses souffrances? Marie, plongée dans un océan d'amertume, éprouve tous les déchirements et tous les combats de la
maternité divine aux prises avec l'infortune, les supplices et
la mort. O enfants d'Israël, pleurez la veuve et l'orphelin que
le ciel paraît avoir abandonnés pour en tirer sa gloire et don-
ner le plus précieux et le plus touchant spectacle au monde! Et
vous filles des Gentils convertis à la foi du Seigneur, vous res-
suscitées à la grâce et rappelées à la vie, vous êtes témoins du
deuil et de la tristesse qu'éprouve une mère qui perd, hélas!

flétri au milieu des tourments celui que ses entrailles ont porté et ses mamelles ont nourri. Ah ! fut-il jamais une douleur comparable à la sienne ? fut-il jamais une perte plus sensible, un chagrin plus déplorable, un malheur plus grand ?

O Marie ! je tombe à vos genoux et implore du Ciel votre assistance. Apprenez-moi à souffrir à votre exemple et faites que votre serviteur partage humblement avec vous les douleurs et les espérances de la croix. *O crux, Ave, spes unica.*

« Pour le chrétien ou pour le philosophe, pour le moraliste et l'historien, ce tombeau est la borne qui sépare deux mondes, le monde ancien et le monde nouveau ; c'est le point de départ d'une idée qui a renouvelé l'univers, d'une civilisation qui a tout transformé, d'une parole qui a retenti sur tout le globe. Ce tombeau est le sépulcre du vieux monde et le berceau du monde nouveau ; aucune pierre ici-bas n'a été le fondement d'un si vaste édifice ; aucune tombe n'a été si féconde, aucune doctrine, ensevelie trois jours ou trois siècles, ne brise d'une manière aussi victorieuse le rocher que l'homme avait scellé sur elle, et n'a donné un démenti à la mort par une si éclatante victoire, et une perpétuelle résurrection. »

LAMARTINE.

Via sancta crucis.

Jésus descend à Gethsémani.

Jésus, qui frémissez à l'aspect de la mort,
Changez ma destinée, adoucissez mon sort.
Je languis et soupire en ce séjour d'alarmes.
Mon chevet est sans cesse arrosé de mes larmes.
Eloignez de mes yeux les apprêts du trépas,
Ou plutôt que je meure, ô Jésus ! dans vos bras.

Jésus entre au jardin.

Seul à seul avec vous, Seigneur, Dieu de justice,
Je viens comme Isaac m'offrir en sacrifice.
Puissé-je par ma mort venger votre saint nom,
Assurer aux mortels un généreux pardon.
Je suis votre holocauste et le bouc émissaire,
Chargé d'expier seul les crimes de la terre.

Hélas ! je vais souffrir un déluge de maux
Et répandre mon sang sur la croix à grands flots.
Déjà mon corps s'affaisse et touche à l'agonie.
Mon âme est dans l'opprobre et dans l'ignominie.

Un Ange vient du Ciel dans ce nouvel Eden
Pour l'abreuver de fiel, un calice à la main.
Non, non, à l'accepter, je ne puis me résoudre.
Que le Ciel me punisse et me réduise en poudre !
Mais que dis-je ? ô mon Père ! en ce vague transport,
Vous tenez en vos mains et la vie et la mort.
Frappez, il en est temps, la victime innocente.
L'univers est sauvé dans cette heureuse attente.

Jésus répand une sueur de sang.

Quelle horrible sueur couvre votre figure,
Maître absolu des cœurs et Dieu de la nature ?
Vous frémissez de crainte à l'aspect des tourments
Qui troublent ma raison et mon cœur et mes sens ?
Hélas ! l'iniquité qui désole la terre
Attire un châtiment rigoureux et sévère
A l'innocence même, au céleste Jésus,
Le Dieu saint des autels, le Dieu saint des vertus.

O justice adorable ! ô justice suprême !
L'unique Fils de Dieu devient notre anathème.
Il descend de sa gloire au jardin des douleurs
Et mêle sur son front le sang à ses sueurs.
Le juste dans son âme a médité nos crimes.
Son œil a pénétré le secret des abîmes.
Il faut une victime au salut du mortel
Qui puisse désarmer le bras de l'Eternel.
Cette victime est prête et s'offre en sacrifice
Sur l'autel de la croix devenu son supplice.
Tel Abel expia le crime de Caïn.
Tel Isaac encor sauva le genre humain.
Tel le chaste Joseph poursuivi par la haine
Fit briller la vertu sous le poids de sa chaîne.

Judas baise Jésus.

Jésus, abandonné de la nature entière,
Répandait devant Dieu son âme et sa prière
Quand il vit arriver le perfide Judas
Qui venait le livrer aux mains des scélérats.
Judas l'embrasse et dit : je vous salue, ô Maître !
Cieux et terre à mes yeux, exterminez le traître.
Ne vais-je pas moi-même, ô mon Dieu, vous trahir,
Profaner votre autel, au lieu de le bénir?
Que ma main droite, hélas! soit plutôt desséchée,
Qu'à mon palais ma langue y demeure attachée,
Plutôt que de souiller le céleste aliment;
Plutôt que de manger mon propre jugement!
Ah! maudit soit le prêtre impie et sacrilège
Qui profane son Dieu par un saint privilège;
Qu'il tremble en l'abordant au pied de son autel!
La mort va le frapper d'un arrêt solennel.
Son cœur est un sépulcre où la grâce et la vie
Ne peuvent s'allier avec la perfidie.
O Judas! tu renais dans tes noirs successeurs:
L'Enfer jamais pour eux n'eut assez de rigueurs.

Jésus pris et lié.

Jésus est entraîné par la cohorte impie
Aux portes de la ville et c'est là qu'il expie
Sur l'infâme poteau tant de crimes affreux,
Tant de délits impurs, tant de faits monstrueux.
C'est là qu'entre les mains de la scélératesse
Il expie à mes yeux l'excès de son ivresse.
Une pâleur mortelle, hélas! couvre son front.
Jésus souffre pour nous le plus mortel affront.
C'est moi qui suis coupable et dois porter la chaîne
Que Jésus-Christ porta, poursuivi par la haine.
C'est moi, pécheur ingrat, perfide et criminel
Qui mérite la mort, un supplice éternel.

Jésus chez Anne.

Pourquoi le frappez-vous, ce Dieu noble et sublime?
Quel mal vous a-t-il fait et quel crime est son crime?

Frapper un Dieu mortel et le maître des dieux,
C'est invoquer l'abîme et le courroux des cieux.

Jésus chez Caïphe.

On le vit acharné tomber sur sa victime
Et fouiller dans son cœur pour lui trouver un crime.
Il porte, disait-il, à l'insurrection :
« Il peut seul par sa mort sauver la nation.
« Je t'adjure et dis-nous, au nom du Dieu suprême,
« Es-tu vraiment le Christ et le Fils de Dieu même? —
« Vous l'avez dit, Grand-Prêtre, et dit à haute voix ;
« Je suis le Dieu des dieux, je suis le roi des rois. —
« Il blasphème ! écoutez le faux Christ, le faux Sage !
« Avez-vous donc besoin d'un autre témoignage,
« Dit Caïphe irrité, déchirant son manteau?
« Qu'a mérité Jésus? la mort et l'échafaud. »
Vous frémissez, chrétiens, à ce cri plein d'audace,
Répété par le peuple ameuté sur la place.
Vous voyez où conduit l'orgueilleux pharisien,
L'ennemi de Jésus, l'ennemi du Chrétien.

Jésus devant Hérode-Antipas.

Hérode l'interroge et Jésus ne dit rien.
Et que demande Hérode à cet homme de bien?
Un divertissement ! mais Jésus simple, austère,
N'obéit qu'à la voix du ciel et de son père.
Dieu dans le saint Jésus est au-dessus des grands.
Il subjugue à ses pieds les plus fiers conquérants.
Il ne répond jamais à leur impertinence
Et manifeste ainsi son auguste puissance.
Hérode est curieux et Jésus, roi des cieux,
Va sans doute opérer un miracle à ses yeux !
Jésus refuse au Prince un miracle, un prodige,
Jésus est accusé d'un esprit de vertige.
Il est traité partout comme un être insensé
Et partout Jésus souffre et gémit offensé.
Voilà le sort du juste opprimé sur la terre.
Grands, qui portez vos mains sur le Dieu du tonnerre,
Votre audace effrénée attire un châtiment
Plus terrible cent fois que votre jugement.

Jésus renvoyé à Ponce-Pilate.

Jésus, jouet des grands, revient trouver Pilate.
Que n'eut point à souffrir son âme délicate?
Dis-nous, Jérusalem, en passant sous tes murs,
Les plus sanglants affronts et les maux les plus durs.
Jérusalem, qui mets à mort les saints Prophètes,
Triomphe aux coups portés sur le roi de tes fêtes.
Tu vis le juste entrer triomphant à tes yeux,
Suivi de tes enfants et révéré des cieux;
Lazare atteste encore aujourd'hui dans nos temples
Ses sublimes vertus, ses sublimes exemples.
Tu les foulas au pied et méprisant Jésus
Tu l'élevas en croix pour prix de ses vertus.

Jésus dépouillé de sa tunique.

La robe de Jésus tombe aux mains du parjure
Et laisse à découvert le Dieu de la nature.
La verge du bourreau le frappe sans pudeur.
Chaque coup retentit dans le fond de mon cœur.
Jouissez maintenant, peuple juif et barbare,
Peuple avide de sang que la fureur égare,
Du spectacle d'un Dieu meurtri, défiguré,
Par ordre du sénat contre lui conjuré.

Jésus flagellé.

O Jésus que je vois frappé sur la colonne!
Votre douleur m'accable et votre amour m'étonne.
Vous souffrez à mes yeux pour des mortels ingrats.
Arrachez-vous, Seigneur, des mains des scélérats.
Mon corps voluptueux mérite la torture,
Mais le vôtre, ô Jésus! est exempt de souillure.
Vous répandez du sang pour laver le péché,
C'est là tout le secret qui vous tient attaché.
Eh bien! mon doux Jésus, mon adorable Maître,
Je viens dans votre sang puiser un nouvel être,
Je viens y retremper mon âme et ma raison,
Me jeter à vos pieds, vous demander pardon.

Jésus couronné d'épines.

Votre tête, ô Jésus, et si belle et si chère
Inspire au monde entier un effroi salutaire.
Elle rougit le sol de son sang abreuvé
Et tout mortel par elle est sûr d'être sauvé.

Jésus couvert d'un manteau de pourpre.

Que vois-je? ô ciel! un Dieu méprisé sur la terre,
Un Dieu souffrant pour nous accablé de misère,
Un Dieu premier auteur du salut des mortels,
Un Dieu qui, dans nos cœurs, s'érigea des autels;
Un roi céleste et pur que l'univers contemple,
Surpassant tous les rois par son sublime exemple.
Je le vois soupirer sous la main des bourreaux,
Revêtu de la pourpre et couvert de lambeaux.

Jésus condamné à la croix.

Jésus tombe accablé sous le poids des souffrances.
Il ne peut plus traîner l'instrument des vengeances.
Simon seul est chargé de ce pesant fardeau
Et Jésus à pas lents s'approche du tombeau.

Jésus console les saintes femmes de la maison d'Israël.

Ne pleurez pas sur moi, mais pleurez sur vous-mêmes,
O filles d'Israël, dont les maux sont extrêmes.
Les beaux jours ne sont plus et les temps sont passés,
Où la grâce et l'amour se tenaient embrassés;
Où justice et sagesse embellissaient l'empire,
Passionnaient les cœurs jetés dans le délire.
Aujourd'hui, c'est la croix qui fixe leur regard;
C'est la croix qui devient leur céleste étendard;
C'est la croix, mon autel où Pontife et victime,
J'abolis à vos yeux la cédule du crime.
Ah! pleurez vos péchés, chers enfants d'Israël,
Pleurez en attendant les coups de l'Eternel.
Il frappera bientôt les monts et les collines
Et vengera son Christ, mort couronné d'épines.
Trop heureuse est la mère oubliant ses douleurs
Qui n'a pas à pleurer un fils et ses malheurs.

Jésus crucifié.

« Il se montre à la terre, à la terre arraché,
« Proscrit, frappé du ciel, à la croix attaché. »   PLATON.

Jésus soupire, hélas ! sous la main du bourreau ,
Étendu sur la croix à grands coups de marteau.
Des clous percent ses mains et ses pieds adorables.
Jésus souffre pour nous des maux épouvantables.
Son chef est couronné sur l'infâme gibet.
Ses yeux versent du sang sur le mauvais sujet.
Sa bouche lui pardonne au nom de la Clémence
Et son cœur pénitent prêche la pénitence.
L'insulte et le mépris dénigrent ses soupirs.
Jésus laisse expirant de tristes souvenirs.
La terre à sa mort tremble et la garde avec elle.
La nuit règne en plein jour sur le Juif infidèle.
Le deuil de la nature annonce son auteur.
Celui qui meurt pour elle est son saint rédempteur.

Jésus prie pour ses bourreaux.

Quelle est noble et touchante à mes yeux la prière,
Qu'adresse sur la croix Jésus-Christ à son Père !
Pardonnez, ô mon Dieu ! les Démons incarnés.
Pardonnez les méchants à ma perte acharnés.
Ils n'ont point calculé jusqu'où porte l'outrage.
L'instrument qui me frappe en peut-il davantage.
Adorable bonté , vos secrets sont divins.
Le Juste de la croix pardonne aux assassins.

Jésus promet le paradis.

Il pardonne au larron implorant sa clémence ,
Lui promet ce jour-là le ciel pour récompense.
O vous qu'avec douleur je nomme scélérats,
De vous sauver un jour, ne désespérez pas,
Le larron sur la croix fournit un bel exemple.
Il est le premier Saint que l'Eglise contemple.
L'Evêque, ami de Dieu, l'Apôtre de Jésus,
Fit rentrer au bercail un bon larron de plus.

Jésus attendri sur la Vierge.

Jésus souffre à l'aspect de la Vierge Marie
Qu'il porte sur la croix dans son âme attendrie.
Il la laisse orpheline en proie à la douleur
Et lui donne saint Jean pour fils consolateur.

Jésus se recommande à Dieu.

Jésus, comme un flambeau toujours prêt à s'éteindre,
Ose pousser un cri, murmurer et se plaindre :
Pourquoi m'as-tu, mon Dieu, vraiment abandonné?
Ne suis-je plus ton fils et Jésus pardonné?
Ah! prends pitié de moi, de mon âme mourante.
Je te la recommande, ô mon Dieu! mon attente.

Jésus expire et descend aux Limbes.

Il dit : Jésus n'est plus et son âme aux enfers
Va visiter les morts, rompre et briser leurs fers.
Ah! qu'il daigne exaucer mon ardente prière!
Mon âme est ici-bas captive et prisonnière.
Elle a mis son espoir dans le Dieu des élus
Et déjà sur la terre elle n'existe plus.
O Jésus expirant dans une nuit profonde,
Vous êtes la lumière et le salut du monde.
Vous laissez des regrets sur la terre éternels.
Nos cœurs sont enchaînés au pied de vos autels.

Jésus mis au sépulcre.

Nicodème en secret son disciple fidèle
Se déclare à sa mort, fait éclater son zèle.
Il demande Jésus à Pilate étonné,
Et l'étend dans le roc de fleurs environné.

Jésus ressuscite.

Les plus riches parfums ornent sa sépulture
Le Juste du tombeau fait gémir la nature
Le Christ incorruptible aux yeux de l'Eternel
Va reposer en Dieu dans son sein paternel.

Mâcon, Imprimerie de....

www.ingramcontent.com/pod-product-compliance
Lightning Source LLC
Chambersburg PA
CBHW061628180626
46818CB00005B/2286